TILSIM

TILSIM 5 - ELF PRENSİ

1476/1 Sok. No:10/51 Alsancak-Konak/İZMİR

İlk baskı 2012 yılında New York'ta *Amulet - Prince Of The Elves* adı ile
Scholastic Inc.'in bir markası olan Graphix tarafından gerçekleştirilmiştir.
Bu kitabın telif hakları Akcalı Telif Ajansı aracılığıyla alınmıştır.

YAZAN VE RESİMLEYEN: Kazu Kibuishi
TÜRKÇELEŞTİREN: Figen Uşaklıoğlu
DÜZELTİ: Ümit Mutlu

BASKI VE CİLT: Ertem Basım Yayın Dağıtım San. Tic. Ltd. Şti.
Eskişehir Yolu 40. Km. Başkent OSB 22. Cadde No:6 Malıköy/Ankara
Tel: 0 312 284 18 14

Birinci Baskı: Temmuz 2014 (2000 adet)
İkinci Baskı: Nisan 2016 (2000 adet)
Üçüncü Baskı: Mart 2018 (2000 adet)

ISBN: 978-605-5678-40-1

Yayınevi sertifika no: 11945
Matbaa sertifika no: 16031

www.desenyayinlari.com.tr

TILSIM

KAZU KIBUISHI

BEŞİNCİ KİTAP

ELF PRENSİ

DESEN®

BÜYÜK ERL KRALINI DUYMADIN MI HİÇ?
ONUNLA İLGİLİ HİKÂYELER İNANIL-MAZ!

İŞTE BULDUM!

BABAM BU TÜR ŞEYLERİ OKUMAMI İSTEMİYOR.

SADECE OKULUMLA İLGİLENMEM GEREKİYOMUŞ.
EĞİTİM KİTAPLARIMIZ DIŞINDA HİÇBİR ŞEY OKUMAMI İSTEMİYOR.

AMA HİKÂYELERDEN O KADAR ÇOK ŞEY ÖĞRENİYORUM Kİ.

EN İYİLERİ DE BİZE BİR ŞEY ÖĞRETME PEŞİNDE.

BABAM DA BUNDAN KORKUYOR.
ONUN GİBİ OLMAZSAM DİYE KORKUYOR.

EMİNİM O SADECE SENİN İYİLİĞİNİ İSTİYOR-DUR.
BABAMI TANIMI-YORSUN.
ONUN İSTEDİĞİ...

... BENİM DIŞIMDA HERKESİN İYİLİĞİ.

ANLAŞILAN MAX'IN TESTLERİ İYİ GEÇTİ.
BAŞARIYLA BİTİRDİ.

MAX VE VIGO SINIFIN EN İYİLERİYDİ, HEM DE AÇIK ARAYLA.

ROY, UMARIM MAX'IN MUHAFIZ KONSEYİNDE GÖREV ALMASINA İZİN VERİRSİN.
ONUN KADAR YETENEKLİ GENÇ TAŞMUHAFIZI, PEK RASTLANACAK ŞEY DEĞİL.

SONUÇTA BABAN KONSEYİN EN GÜÇLÜ ÜYELERİNDEN BİRİYDİ.
İYİ YÖNLENDİ-RİLİRSE BÜYÜK BİR LİDER OLABİLİR.

BU KONUYU KONUŞTUK.
MAX BENİM YOLUMDAN GİDECEK, BABAMIN DEĞİL.

BELKİ DE EN DOĞRUSU BUDUR.

NEREYE GİDİYOR-SUN MAX?
LAYRA'YLA BULUŞMAYA.

SANA O AİLEYLE ZAMAN GEÇİRMEN KONUSUNDA NE DEDİM?

O BENİM ARKADA-ŞIM, BABA!

SENİN ADINA SEVİNDİM MAX.

ÜZGÜN GÖRÜNÜYOSUN AMA.
BİR DERDİN Mİ VAR?
HABERİN YOK MU?

BU SABAH MUHAFIZ, ANNEMLE BABAMI TUTUKLADI.
UFUKTA SAVAŞ GÖZÜKÜYOR.

AMA SENİN AİLEN BİR ŞEY YAPMADI Kİ!
BİR HATA OLMALI!

BENİ BİR DAHA GÖRMEYE GELMEZSEN DAHA İYİ OLUR MAX.
İKİMİZİN DE İYİLİĞİ İÇİN.

CIELIS GAZETESİ
ELFLER SAVAŞ İLAN EDİYOR.
AİLESİNİ NASIL HAPSE ATTIRIRSIN?!!

DURUMUN CİDDİYETİNİ ANLAMAN GEREKİYOR ARTIK MAX.
ELFLER SAVAŞ İLAN EDİYOR.
AMA ONLAR HİÇBİR ŞEY YAPMADI Kİ!

ONLAR ELF, MAX!
ELF KRALININ CASUSU OLMADIKLARI NE MALUM?

ONLAR CASUS DEĞİL!!

DÜRÜST OLMAK GEREKİRSE,
GİTTİKLERİ YERDE DAHA GÜVENDE OLACAKLAR...

...YARBORO
HAPİSHA-
NESİ'NDE.

BUNUN GEÇİCİ BİR DURUM OLDUĞUNU SÖYLEDİLER.
BU İHANET.

YILLARCA ŞEHİRLERİNİ ELF TEKNOLOJİSİYLE KURMALARINA YARDIM ETTİK AMA ONLARIN ŞU YAPTIĞINA BAK.

BAY JANUS, SİZİ BURADAN ÇIKARMAYA GELDİM.
MAX?

LAYRA İYİ Mİ?
EVET, O İYİ.

BİRAZ GERİDE DURUN.
ŞİMDİ SİZİ ONA GÖTÜRECEĞİM.

YAVAŞÇA YAKLAŞIN.
BENİ TAKİP EDİN.
BU TARAF-TAN.

ANNE!
BABA!

BİZİ BİR DAHA AYIRMALARINA İZİN VERMEYE-CEĞİM.

SİZİ FRONTERA'YA GÖTÜRECEK BİR GEMİ AYARLADIM.

ORADAN GULFEN'E GÜVENLE DEVAM EDEBİ-LİRSİNİZ.
TEŞEK-KÜRLER MAX.

GEMİYE HOŞ GELDİNİZ!

SEN DE BİZİMLE GELİYOR MUSUN?

BURDA KALIP PEŞİNİZDEN GELEN OLUP OLMADIĞINI KONTROL ETMELİYİM.
GULFEN'DE BULUŞU-RUZ.

TEŞEK-KÜRLER MAX.

YAKINDA GÖRÜŞÜ-RÜZ.

ONLARI FRONTERA'YA GÖTÜR VE ORTADAN KAYBOL.
HİÇ KİMSE İÇİN DE DURMA, ANLAŞILDI MI?

TAMAM EVLAT, NE YAPMAM GEREKTİĞİNİ BİLİYORUM.

BİR SORUNUMUZ VAR!

HEMEN LİMANA DÖN VE KAPINI AÇ.

TALİMATLARA UYMAZSAN, ATEŞ AÇMAK ZORUNDA KALACAĞIZ!

NE YAPIYORUZ KAPTAN?

NE YAPIYO-RUZ?!

KAPTAN?
KAPTAN!!!
ŞİMDİ ONLARIN HAKKINDAN GELECE-ĞİZ!
RINNNN!
VIRRRRR

VIRRRRR

BOOM!!

HAYIIIIRRR!!!

MAX GRIFFIN,
SAVAŞ SUÇLULARININ KAÇMASINA YARDIM ETTİĞİN İÇİN KORTHAN BUZ HAPİSHANESİ'NDE 50 YILA MAHKÛM EDİLDİN.
AYRICA DÖRT ASKERİN ÖLÜMÜNE NEDEN OLDUĞUN İÇİN TUTUKLU YARGILANACAKSIN.

SENİ HAPSE GÖNDERMEDEN ÖNCE SÖYLEMEK İSTEDİĞİN SON BİR ŞEY VAR MI?

YAPTIĞI-NIZDAN PİŞMAN OLACAK-SINIZ!

ALIN BUNU GÖZÜMÜN ÖNÜNDEN.

MAHKÛM KAÇTI!!
YARALI...
TÜM GİRİŞ ÇIKIŞLARI TUTUN VE KULEYE HABER VERİN!

... ÇOK UZAĞA GİDEMEZ.

BIRRRR
BIRRRR

DUYUYOR MUSUN MAX?
KULAĞINA DOLAN SESİ...

PUF PUF PUF PUF

DUYDUĞUN, YAKLAŞAN ÖLÜMÜNÜN SESİ.

HÂLÂ ÜSTESİNDEN GELMEN GEREKEN ÇOK ŞEY VAR NE YAZIK Kİ.

BİRBİRİ-
MİZE YARDIM
EDEBİLİRİZ.
KONTROLÜ
BANA BIRAK
YETER.

İNTİKAMINI
ALANA KADAR
SAĞ KALMANI
SAĞLARIM.

ZAMANIN
DARALIYOR
MAX.

SEÇİM
SENİN.

ELLİ YIL SONRA

TÜM GECE ORADA ÖYLECE OTURDUN MU LOGİ?

KRAL SANA GÖZ KULAK OLMAMI İSTEDİ.

GÜNEŞ HENÜZ DOĞMADI.

TÜM BİRLİĞİ TOPLA.
BUGÜN ERKEN BAŞLIYORUZ.

KRAL, BİR HAİNE GÜVENEREK BÜYÜK HATA EDİYOR.
HER NE KADAR BİR TAŞMUHAFIZI OLSA DA.

PRENS TRELLIS GÜÇSÜZ OLABİLİR AMA ELFLERE HER DAİM SADIK KALDI.

SADIK MI?!
AAAHH!
PRENSİNİZ SİZİ YÜZÜSTÜ BIRAKTI VE HEPİNİZE İHANET ETTİ!!!

İKİMİZ DE GERÇEĞİN BÖYLE OLMADIĞINI BİLİYORUZ, HAİN!

AAAĞĞ HHH!

HOF HOF

ARANIZDA BANA SÖYLEYE-CEK BİR ŞEYİ OLAN VARSA, HEMEN SÖYLESİN.
YA DA ŞİKÂYETLERİ-NİZİ DOĞRUDAN KRALA İLETİR-SİNİZ.

ELF HALKINA SADAKATLE BAĞLIYIM.
BUNDAN ŞÜPHE EDEN VARSA CEVABIMI KILICIMLA VERİRİM.

NE YAPACAĞIZ ŞİMDİ KAPTAN?

İYİ BİR ASKER NE YAPMALIYSA, ONU!
GERİ ÇEKİLMEYECEĞİZ!

FAKAT SAYIMIZ ÇOK AZALDI!

BURAYA MAHKÛMLARINIZDAN BİRİYLE GÖRÜŞMEK İÇİN GELDİK.
İÇERİ GİRMEMİZE İZİN VERİN, SORUN ÇIKMAYACAK.

MAHKÛMLARIMIZ ZİYARETÇİ KABUL ETMİYOR!

SİZE İKİ SEÇENEK SUNUYORUM.
YA NAZİK OLUP KAPIYI AÇARSINIZ...

FİYUUU!

... YA DA ÖLÜRSÜNÜZ,
HATTA BUNU BİZZAT KENDİM YAPARIM.
IIĞHHH!

MERHABA ESKİ DOST!

GAARÇ
GULURÇ

MAJES-
TELERİ.

KORTHAN BUZ HAPİS-HANESİ'NE HOŞ GEL-DİNİZ.

SÖYLE BAKALIM KİMMİŞ BU MAHKÛM.
ADI CHRONOS, BİR DAĞ DEVİ. TÜRÜNÜN SON ÖRNEĞİ.

MUHAFIZ KONSEYİNE KARŞI SAVAŞIMIZDA SAĞLAM BİR MÜTTEFİKİMİZ OLDUĞUNU İSPATLAYACAK BENCE.
ULUTAŞTAN BİR PARÇA DA ONDA OLSUN İSTERDİM.

ANLAŞMAMI-ZA GÖRE İLK TAŞMUHAFIZI SENİN OLACAK.

ZZZZINNNN

ÇATIRT

GÜM!

SÖZÜNÜ TUTTUN.

ŞİMDİ SÖZÜNÜ TUTMA SIRASI SENDE.

ELBETTE.
EMRİNİZE AMADEYİM.

HAZIRIZ EFENDİM.
ÖNCE FRONTERA'YA DOĞRU İLERLEYİN VE ŞEHRİ ELE GEÇİRİN.
VAR GÜCÜNÜZLE ÇARPIŞIN, HİÇ ACIMAYIN...
... HAYATTA KALAN KİMSE OLMASIN.

EMILY, DUR!

VUFFFF

ŞIRİNGG!
FİYYUU!
IIĞHH!
BENİ HAYAL KIRIKLIĞINA UĞRATTIN TRELLIS.

DAHA İYİ OLMANI BEKLİYORUM.
AKSİ HALDE KRALA KARŞI PEK ŞANSIMIZ OLMAYACAK.

MERAK ETME.

BAŞIMIN ÇARESİNE BAKABİLİRİM.

SENİN HAYATIN İÇİN DEĞİL...
HAYATI BİZE BAĞLI OLAN İNSANLAR İÇİN ENDİŞELENİ-YORUM.

BU SORUMLULUĞU BEN İSTEMEDİM.

SEN İSTE YA DA İSTEME, BU GÖREV SANA BÜYÜKLERİN TARAFINDAN VERİLDİ.
SANA DÜŞEN, BU SORUMLULUĞU YERİNE GETİRMEK.

ELF HALKININ BENDEN ÖNCE YAPTIĞI YANLIŞ-LAR YÜZÜNDEN BURADAYIM BEN, TİLKİ ADAM.

İSTEDİĞİM SON ŞEY ONLARIN KİRLİ OYUNLARINA ALET OLMAK.

BEN DE O YÜZDEN ONLARI YENMENDE SANA YARDIM EDECEĞİM.

ATALARINIZ HAKKINDA ANLAYAMADIĞINIZ DAHA ÇOK ŞEY OLDUĞUNU İLERİDE GÖRECEKSİNİZ.

ATA MI?

AA EMILY, SENİ GÖRDÜĞÜME SEVİNDİM.

GÖRMEN GEREKEN BİR ŞEY BULDUM.

BU İNSANLAR KİM VIGO?
HAYALET Mİ?

PEK SAYILMAZ.
KONSEY TUTANAKLARI BÖYLE TUTULUYOR VE BU SAYEDE TAŞMUHAFIZLA-RINA ULAŞIYOR.

TÜM GECE BURADA KONSEYİN SON GÖRÜŞMELERİNİ İZLEDİM.
BENDEN SONRA OLANLARI GÖRMEK ÇOK İLGİNÇTİ.

PEKİ ONLARA NE OLDUĞUNU ÖĞRENEBİL-DİN Mİ?
HAYIR, HENÜZ DEĞİL.

LÜTFEN DİKKAT ET.
ÖZELLİKLE BU SON GÖRÜNTÜYÜ GÖRMEN GEREK BENCE.

MAX!

SILAS.

VIGO,
BU KAYITLAR KAÇ YILLIK?

ŞU ANDA İZLEDİĞİN EN AZ 50 YILLIK.

AMA NASIL OLUR?
O ZAMAN MAX ANNEMDEN BİLE DAHA YAŞLI DEMEKTİR.

TAŞMUHA-FIZLARININ GEÇMİŞE GİDEBİLDİĞİNİ DUYMUŞTUM.
MAX BUNUN NASIL YAPILDIĞINI KEŞFETMİŞ OLMALI.

TAŞMUHA-
FIZLARI ZA-
MANDA YOLCU-
LUK EDEMEZ-
LER,
AMA
BOŞLUĞA
GİREBİLİR-
LER.

BOŞLUK,
TAŞMUHAFIZ-
LARININ
ANILARINDAN
OLUŞAN BİR
DÜŞALANI.

TAŞMUHAFIZLA-
RININ GİRİP
GEÇMİŞLERİNİ
İZLEYEBİLDİKLERİ
HATTA BİRBİRLERİY-
LE İLETİŞİME
GEÇTİKLERİ
BİR YER.

SILAS
CHARNON, BOŞLUĞUN
VAR OLDUĞUNA
VE GERÇEKLİĞİ
DEĞİŞTİREBİLECEĞİNE
İNANIYORDU.
FAKAT KENDİ
GEÇMİŞİNİ
DEĞİŞTİRME
İSTEĞİ BU İNANCINA
GÖLGE DÜŞÜRDÜ.

BAZEN ARZU VE İHTİRASLAR EN ZEKİLERİMİZİN BİLE ZİHNİNİ BULANDIRABİLİR.

SILAS GEÇMİŞİNDE NASIL BİR YANLIŞ YAPTI Kİ?

GENÇ TAŞMUHA-FIZLARINI BOŞLUĞA GİRMELERİ İÇİN YÜREKLENDİRDİ.

NASIL BİR TEHLİKEYLE KARŞI KARŞIYA KALACAKLARINI YA DA
SONUCUNDA ÖDEYECEKLERİ BEDELİ ANLAYAMADI.

BEN OLSAM HALKIMIN YAP-TIĞI HATALARI DÜZELTMEK İÇİN HER BEDELİ ÖDERDİM.

NE DEDİĞİNİN FARKINDA BİLE DEĞİLSİN.
SEN BU İŞE KARIŞMA!

MAX GENÇ KALMAYI NASIL BAŞARDI BİLMİYORUM AMA ESKİDEN ONU TANIRDIM.
AKADEMİDE ÖĞRENCİYDİ.
SINIF ARKADAŞIMDI.

EĞER O ZAMANLAR TANIDIĞIM GENÇ ADAM DEĞİŞMEDİYSE...

... ESAS BELA YAKLAŞIYOR DEMEKTİR.

ÖYLE KAL.
ÖYLE KAL DEDİM.
TAMAM.
HARİKA GÖRÜNÜ-YORSUN.

GARSON GİBİ GÖRÜ-NÜYORUM ANNE YAA.
AYRICA KAŞIN-DIRI-YOR.

BENCE ÇOK YAKIŞIKLI OLDUN.

YAKINACAK HİÇBİR ŞEY YOK EVLAT.

EN AZINDAN BÖYLE ŞAPŞAL BİR KASK TAKMANI İSTEMİYOLAR!

BİR DAKİKA İÇİNDE GELİYOR.
BEN HAZIRIM BAYAN.

BİR ŞEYE İHTİYACIN OLURSA, ROBOTLARA SÖYLE GELİP BENİ BULSUNLAR, TAMAM MI?

BAŞIMIN ÇARESİNE BAKARIM ANNE.

SENİ SEVİYO-RUM.
BEN DE SENİ SEVİYORUM ANNE.

KOMUTANIM,
EMRİNİZE AMADEYİM!
BU NE BÜYÜK ŞANS!

BİR İMZANIZI ALABİLİR MİYİM?

AHH, ELBETTE.
AMA BUNU NEDEN İSTE-DİĞİNİZİ AN-LAYAMADIM.

BEN ÜNLÜ FALAN DEĞİLİM Kİ.
BURADA TÜM PİLOTLAR ÜNLÜDÜR!

ALLEDIA'DAKİ EN İYİ ROBOT PİLOTLAR CIELIS'TE YAŞARDI.
NE OLDU ONLARA?

İDAM EDİLDİLER!
ELFLER YÖNETİMİ ELE GEÇİRİNCE, TÜM PİLOTLARIMIZI ŞEHİRDEN AŞAĞI ATTILAR.
KÖTÜ ZAMAN-LARDI!

ELFLER DEVROBOT PROGRAMINI BİLE BOZMAYA ÇALIŞTILAR, NEYSE Kİ BİRKAÇ PARÇASINI YERALTINA KAÇIRABİLDİK.
O ZAMANDAN BERİ DE YENİDEN KURMAYA ÇALIŞIYO-RUZ.

TAM DA YENİ DEVROBOTU ÇALIŞTIRMAYA HAZIRLANIYORDUK Kİ SİZ ÇIKIP GELDİNİZ; NE BÜYÜK SÜRPRİZ!
ROBOTU ÇALIŞTIR-MAK SİZE KISMETMİŞ!

VE ŞİMDİ KADERİMİZ SİZLERİN ELİNDE!
HA HA HAA!

BUNLAR ÇILDIR-MIŞ!

HEY, BILL!
PİLOTLAR GELDİ!

GÜZEL!
TAZE KANA İHTİYACIMIZ VARDI!
İSİMLERİ ALALIM LÜTFEN.

BENİM ADIM NAVIN.
BU DA COGSLEY.

BİRAZ UFAK TEFEKLER AMA ÜSTESİNDEN GELECEKLER.

TÜM DÜĞMELERİ BİLİYORUM SANKİ.

BU TESADÜF DEĞİL.

SILAS VE BEN, EVİNİ DEVROBOTA BENZER BİÇİMDE TASARLAMIŞTIK.

DÜĞMELERİ İYİ BİLİYORSUN, AMA BUNLAR ÇOK DAHA HASSAS.
AYRICA BU MAKİNE SAVAŞMAK İÇİN YAPILDI.

HADİ BAKALIM, GERÇEĞİ İLE NELER YAPA-BİLECEĞİNİ GÖRELİM.

KOMİK BİR ŞEY SÖYLEYEYİM Mİ COGSLEY?
HENÜZ ÇOCUK OLABİLİRİM
VE DAHA ÖĞRENECEK ÇOK ŞEYİM OLDUĞUNU DA BİLİYORUM...

... AMA SANIRIM ARADIĞIMI BULDUM.
BEN BU İŞİ YAPMAK İÇİN DOĞMU-ŞUM!

HİÇ DE KOMİK DEĞİLMİŞ.

BU ARADA,
ŞUNU FARK ETTİN Mİ?

BURADA BİR KOLTUK DAHA VAR.

NAVIN HAYES SEN MİSİN?
EVET,
BENİM.

BENİM ADIM ALYSON HUNTER.
YENİ DEVROBOT PİLOT PROG-RAMINDA Sİ-ZİNLE BİRLİKTE OLACAĞIM.

SÖYLESENE BEN NASIL SEÇİLDİM?
ARAMIZDA GERÇEK BİR SAVAŞA KA-TILMIŞ OLAN TEK KİŞİ SENSİN.

DİĞERLERİ SİMÜLATÖRDE EĞİTİM GÖRDÜ.

YANİ,
BEN DE BÖYLE BAŞLADIM SAYILIR.

HEY,
O BENİM ABLAM.

ABLAN VE VIGO MUHAFIZ KONSEYİ ÜYELERİ.

ABLANIN BU SAVAŞTA HEPİMİZE YOL GÖSTERMESİ GEREKİYOR.
ONUN YAŞINDA BİRİ İÇİN AĞIR BİR SORUMLULUK.

BİZİM GÖ-REVİMİZ, CIELIS MUHAFIZLARININ DESTEĞİNİ ABLANA ULAŞ-TIRMAK.
GENÇ KUMANDA-NIMIZ BU MU?

NAVIN, BU BENİM BABAM, KAPTAN TRISTAN HUNTER.
MEMNUN OLDUM EVLAT.

SAHADA TECRÜBEN OLDUĞUNU DUYDUM.
TECRÜBENE BURADA ÇOK İHTİYACI-MIZ VAR.

HER KONUDA YARDIMA HAZIRIM.

FRONTERA ŞEHRİ...
... BİTMİŞ. HİÇBİR ŞEY KALMAMIŞ GERİYE.
GÖRÜNEN O Kİ BUNA MAX ÖNCÜLÜK EDİYOR.

BİR SONRAKİ ADIMLARI LUCIEN ŞEHRİ-Nİ ALMAK OLACAK.
LUCIEN'IN ORDUSU HAYLİ GÜÇLÜ OLSA DA YENİLEBİLİR.

HATTA YENİLMELERİ AN MESELESİ.
O HALDE MUHAFIZ KONSEYİNİN DÖNDÜĞÜNÜ ONLARA GÖSTERMEMİZ GEREK.

FAKAT DURUMUMUZU GÖRDÜN.
HENÜZ HAZIR DEĞİLİZ.

HİÇBİR ZAMAN HAZIR OLMAYACA-ĞIZ.
VE EĞER BEK-LEMEYE DEVAM EDERSEK FARK YARATMA ŞAN-SIMIZI KAYBE-DECEĞİZ.

BU İŞİ YALNIZ BAŞARMA-YACAĞIZ...
... SAVAŞMAK İÇİN KALANLARA YARDIM ETMELİYİZ.

EN AZINDAN ONLARA UMUT VERİRİZ.

BUNUN NE ANLAMA GELDİĞİNİ BİLİYOR MUSUN RICO?
SAVAŞA MI GİRİYORUZ?

EVE GİDİYORUZ.
CIELIS'İN GERÇEKTEN VAR OLDUĞUNU HERKES ÖĞRENECEK!

YÜZ İFADELERİNİ GÖRMEK İÇİN SABIRSIZLANIYORUM!
BENDEN ASLA ŞÜPHE DUYMAYACAKLAR ARTIK!

ENDİŞELENECEĞİMİZ SON ŞEY BU OLMALI BENCE ENZO.

ABİ, GEÇMİŞTEKİ OLAYLARA NASIL ULAŞACAĞIMIZI BİRAZ DAHA ANLATSANA.
BUNU ÖĞRENEBİLECEĞİM BİR YÖNTEM OLMALI.

BÖYLE BİR ŞEYİ BAŞARABİLMEN YILLARINI ALIR TRELLIS.
VE DE OLDUKÇA TEHLİKELİ.

DİĞERLERİNİN UYARILARINA KULAK AS.
BU TÜR KARA BÜYÜLERDEN UZAK DUR.

NEDEN DİNLEYECEKMİŞİM ONLARI?

ONLAR BENİ DİNLİYOR MU?

MUHAFIZ ASKERLERİ NE KADAR GENÇ.
BU SAVAŞ İÇİN HAZIR OLDUKLARINA EMİN MİSİN?

BİR YERDEN BAŞLAMAMIZ GEREKİYOR.

HOŞ GELDİNİZ EKSELANS-LARI!
ENZO!
BANA ÖYLE DEME!

SİZİ GÖRMEK NE GÜZEL.
BÖYLE BİR FIRSATI DÜNYADA KAÇIRMAM!
MUHAFIZ KONSEYİNE EŞLİK ETME FIRSATI HER GÜN DOĞMUYOR!

KARDEŞİN NEREDE?

NAVIN, DİĞER DEVROBOT PİLOTLARIYLA UÇUYOR.
BİRBİRLERİNİ TANIMAK İÇİN BİR FIRSAT OLACAK BU.

DEVROBOT PİLOTU MU!
NE DİYOR-SUN!

BİZİM BÜCÜR İYİCE TECRÜBELENDİ DEMEK.
İYİCE BÜYÜDÜ ARTIK!

DAGNO'YU TAŞIMAMI İSTER MİSİN?

BENİMLE BİRLİKTE KABİNDE DURABİLİR.

YOK, BÖYLE İYİ.
ANNESİNİN YANINDAN AYRILMA-YACAKTIR.

KARGO BÖLÜMÜNDE UÇACAĞIZ GİBİ GÖRÜ-NÜYOR!

KENDİNE DİKKAT ET COGSLEY.

LUCIEN'DE GÖRÜŞÜRÜZ PATRON!

YAKIT

HADİ, DEVAM ET VE KENDİNE BOŞ BİR KOLTUK BUL.

TRELLIS, BARİ DİĞERLERİNE DE SÖY-LEYELİM.
BUNU DE-NEMEMEN GEREKTİĞİNİ DÜŞÜNÜYO-RUM.
NEDEN ABİ?

GEÇMİŞİMİ-Zİ DÜZELTMEK İSTEMİYOR MUSUN?
DÜZELTMEYE KALKIŞMADAN ÖNCE GEÇMİ-ŞİMİZİ İYİCE ANLAMAMIZ LAZIM.

EĞER BİR TERSLİK OLURSA
SANA YARDIM EDEMEYE-BİLİRİM.

BABAN SANA HEP GÜVENİR Mİ?
EVET.
SANIRIM GÜVENİR.

BABANIN YAKININDA OLMASI GÜZEL BİR ŞEY OLMALI.

KENDİME GÜVENİMİ ARTIRIYOR.

BANA HEP, ZİHNİMDE BİR KAHRAMAN CANLANDIR-MAMI...
VE O KAHRAMAN GİBİ OLMA-MI SÖYLER.

BEN GALİBA BABAN GİBİ BİRİ OLMAK İSTERDİM.

HÂLÂ
OYUNU MU
BEKLİYORSUN?
OYUN
BAŞLADI
BİLE.

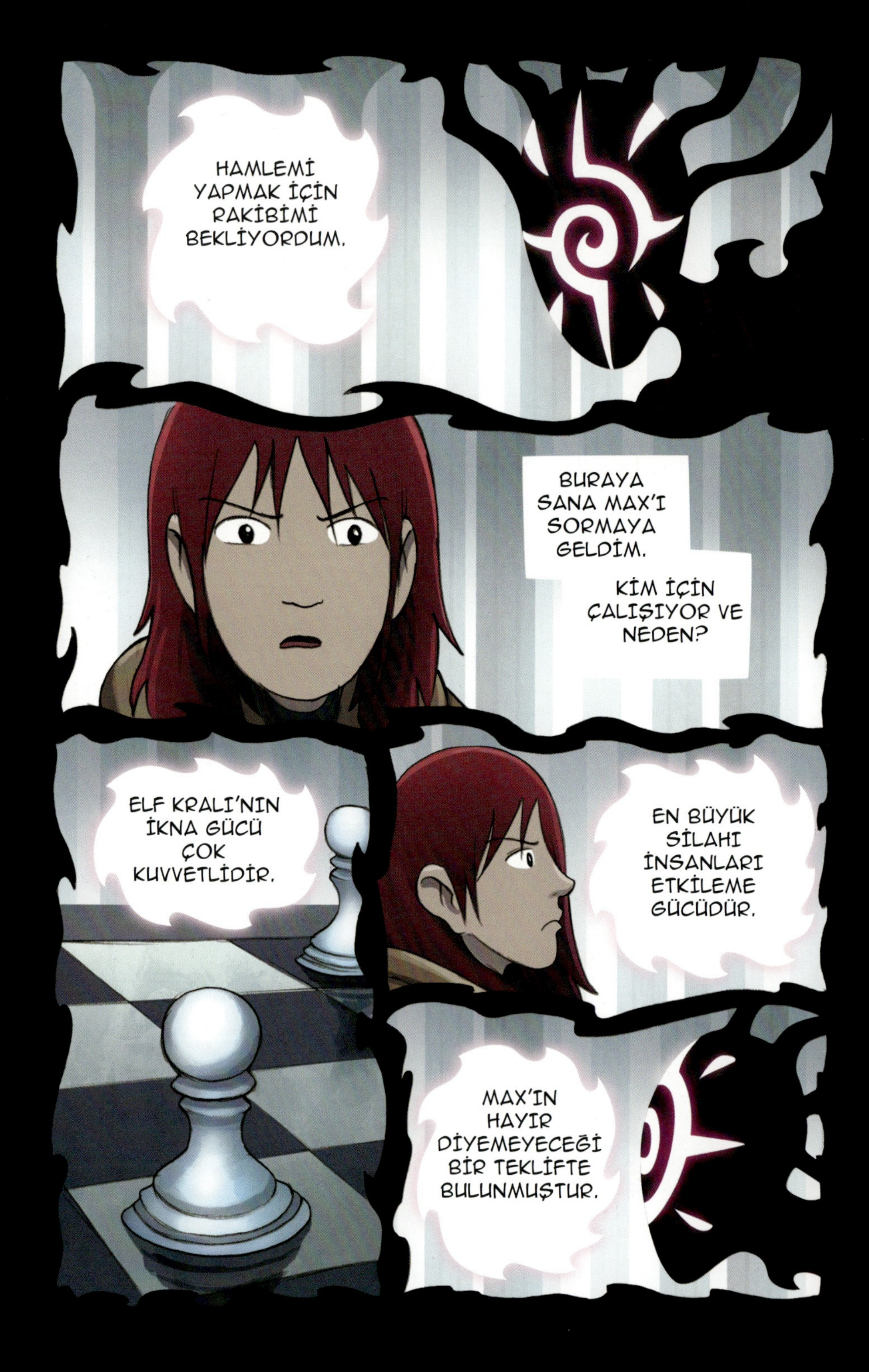
HAMLEMİ YAPMAK İÇİN RAKİBİMİ BEKLİYORDUM.
BURAYA SANA MAX'I SORMAYA GELDİM.
KİM İÇİN ÇALIŞIYOR VE NEDEN?
ELF KRALI'NIN İKNA GÜCÜ ÇOK KUVVETLİDİR.
EN BÜYÜK SİLAHI İNSANLARI ETKİLEME GÜCÜDÜR.
MAX'IN HAYIR DİYEMEYECEĞİ BİR TEKLİFTE BULUNMUŞTUR.

HIMM...
TAŞLARININ ONLARI KONTROL ETTİĞİNDEN Mİ ŞÜPHELENİYORSUN?
AMA TRELLIS KRALIN ÖLDÜĞÜNÜ SÖYLEDİ.
SANIRIM ELF KRALI VE MAX, BAŞKA BİRİNİN YA DA BİR ŞEYİN ETKİSİ ALTINDALAR.
EVET.
HAKLARINDA DAHA ÇOK ŞEY ÖĞRENMENİ İSTİYORUM.
SEN ÇOK ZEKİ BİR TAŞMUHAFIZISIN EMILY.
SORULARIN YANITINI BENİM YARDIMIM OLMADAN BULABİLECEĞİNE EMİNİM.

MAX'IN TAŞI DA KONUŞUYOR MU?
İYİ ŞANSLAR, GENÇ USTA.
HEY, BEKLE!

BEKLE!

UYKU TUTMADI MI?

YOO, İYİYİM.
KAPIYI KAPATIR MISIN LÜTFEN?

SANA BİR ŞEY SORABİLİR MİYİM?
ELBETTE.

HANİ AKADEMİDE
SILAS'IN BOŞLUĞA GİRMENİN TEHLİKELERİNİ ANLAYAMADIĞINI SÖYLEMİŞTİN. NE DEMEK İSTEMİŞTİN?

SILAS BUNUN SONUÇLARINI HİÇ TECRÜBE ETMEDİ.

OYSA BEN ETTİM.
BİR ZAMANLAR BİR EŞ VE BİR BABAYDIM.
EŞİM MIRIAM ÖLDÜĞÜNDE OĞLUM DAVID 10 YAŞINDAYDI. ONU TEK BAŞIMA BÜYÜTMEK DURUMUNDA KALDIM.
SONUNDA TAŞIMIN GÜCÜNÜ DAVID'E VERDİM VE ONU MUHAFIZ KONSEYİNE GİRMESİ İÇİN EĞİTMEYE BAŞLADIM.
EN PARLAK ÖĞRENCİM OLDU.
ANCAK BU SIRADA O ASLINDA HEP ANNESİNİN YANINDA OLMAYI DÜŞLEDİ.

O SIRALAR SILAS TAŞIN GÜCÜNÜ KULLANARAK ZAMANDA YOLCULUK YAPMA OLASILIĞINI ANLATIRDI.

DAVID'İN BU KONUYLA DİĞER ÖĞRENCİLERDEN ÇOK DAHA FAZLA İLGİLENDİĞİNİ FARK ETMEM GEREKİRDİ.

BU İHTİMALİ, ANNESİNİ GERİ GETİREBİLMEK İÇİN BİR FIRSAT OLARAK GÖRDÜ.

ANNESİNİ KURTARMAK İÇİN TAŞININ GÜCÜNÜ KULLANARAK ZAMANDA YOLCULUK YAPMAYA ÇALIŞTI.

ANCAK DERİN BİR UYKUYA DALDI VE GÜNLERCE UYANAMADI.

BEN YANI BAŞINDA BEKLERKEN, O UYKUSUNDA BİRİYLE KONUŞUP DURDU.

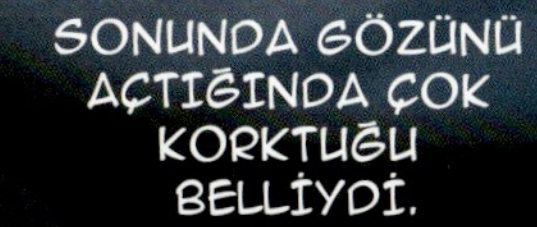

SONUNDA GÖZÜNÜ AÇTIĞINDA ÇOK KORKTUĞU BELLİYDİ.

VE SONRA TAMAMEN UYUDU.

BUNDAN KISA BİR SÜRE SONRA TAŞIM BANA GERİ GELDİ.

PEKİ KİMLE KONUŞU-YORDU?
ANNESİYLE KONUŞTU-ĞUNA İNA-NIYORDU.

ANCAK ANNESİYLE HİÇ YAPMADIĞI ŞEYLER HAKKINDA KONUŞUYORDU.
İŞTE O ZAMAN AS-LINDA TAŞIYLA KONUŞTUĞUNU ANLADIM.

YARDIM İÇİN HAYALİ ARKADAŞLARINA DANIŞACAĞINA BENİMLE KONUŞMASINI DİLERDİM.

SANA SÖYLEMEM GEREKEN BİR ŞEY VAR VIGO.

GÜMM
GÜMM

BOOM!

DİĞER GEMİLER...
EJDER-HALAR MI?

BU BİR EJDERHA DEĞİL.

BOOM!

ONLARI YAVAŞLATMAK İÇİN ELİMDEN GELENİ YAPA-CAĞIM.
GİT VE TRELLIS'İ GETİR.
HADİ, ÇABUK!

TRELLIS!

EMILY, ÇOK ÜZ-GÜNÜM.

NE OLDU BURADA?
ONU DURDURMAYA ÇALIŞTIM AMA DİNLEMEDİ.

ONU UYANDIRMAMIZ GEREK LUGER.

ARTIK...
YAPAMAM.

FAKAT SEN... SEN YAPA-BİLİRSİN.

VIRRRRRR

ÇİYUUU!!
BABA!!
DİĞER SAVAŞ GEMİSİ!
BAKMA ALY!
NAVIN VE SEN, HEDEFİ DÜŞÜNME-LİSİNİZ.
AVCI UÇAKLARIMIZI ORAYA HEMEN GÖNDERMEZSEK, BİZİMKİ DE DÜŞECEK.
BURDA KALIP DİĞERLERİNE YARDIM ETMELİYİM.
GÜÇLÜ OLUN VE DİKKATLİ UÇUN ALY!

AKIT

HEY, PATRON!
BİZİ BURADA BIRAKMAZSIN DEĞİL Mİ?

DAHA YAPACAK ÇOK İŞİMİZ VAR!

GERİ GELECEĞİM, COGSLEY.

NAVIN, KANATLARI KONTROL ET.
MAKİNELER EPEYDİR KULLANILMI-YOR.

SAYI-YORUM!

VRRRRNM
ÜÜÇÇ..

İKİİ..

BİİRR!!

ÇİUUVV!
ÇİUUVV!

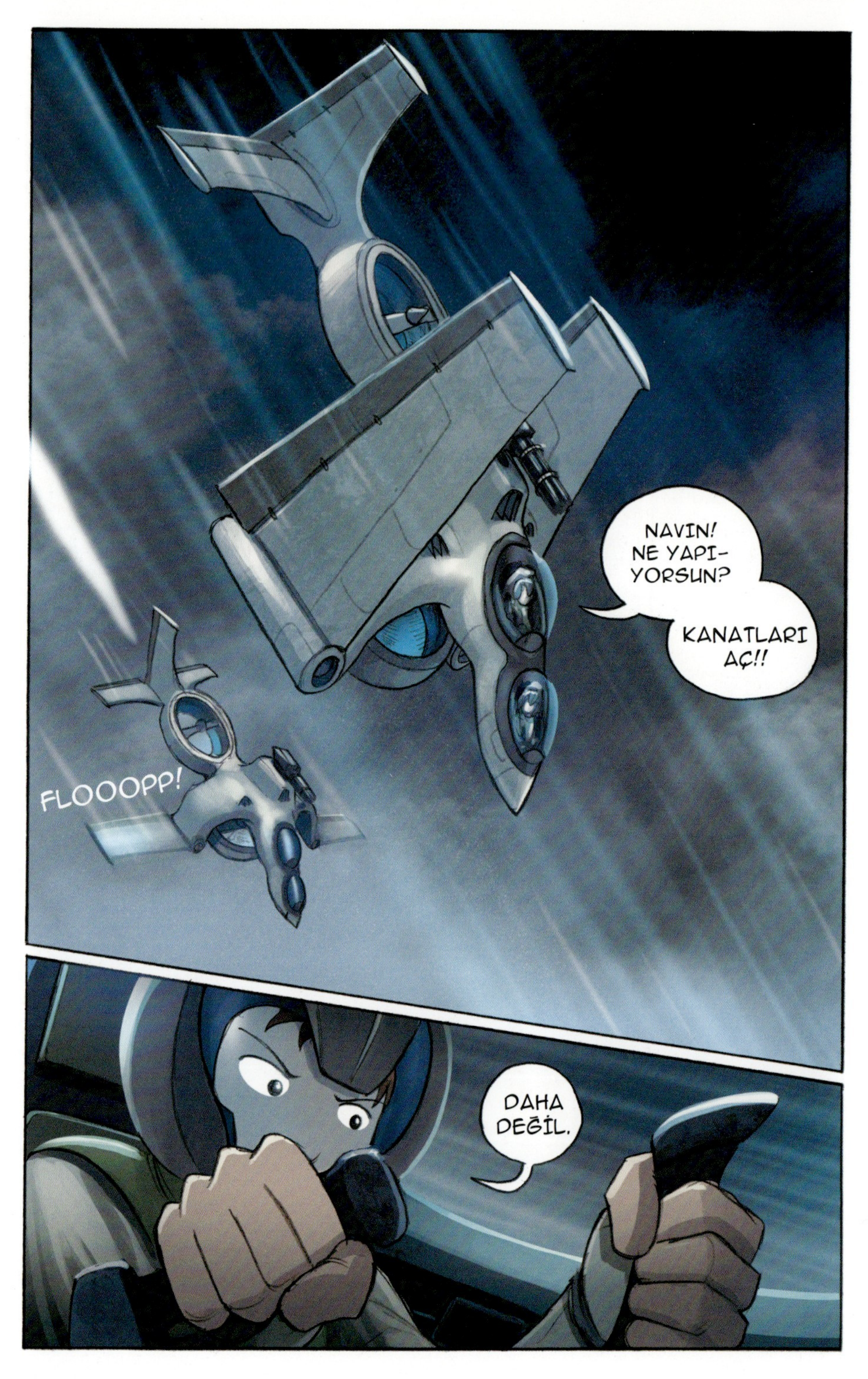
NAVIN! NE YAPI- YORSUN?
KANATLARI AÇ!!
FLOOOPP!
DAHA DEĞİL.

SSRAKK!!
FLOOPP!!

KONTRO-LÜ SANA BIRAKIYORUM HAYES!
HADİ YAKLAŞTIR BİZİ!
TEK ATEŞ YETER BANA.

BOOMM!!
HEDEFE KİLİTLEN!
YAKALA-DIM!!
HEDEFE KİLİT-LENDİM!!!

VOOMM

ATEŞİ DURDURDU!
YUKARI NAVIN! YÜKSEL!!!

AAAĞHH!

AAHHH!!
SIKI TUTUN!

GÖRÜŞ-
MEYELİ
ÇOK OLDU
VIGO.

VIGO!
YARDIM
ETMEN
LAZIM!

EMILY,
UZAK DUR!

KIPIR-
DAMA!

ARADIĞIM HERKES AYNI HEDEFTE.
NASIL BİR STRATEJİ BU?!

İKİNİZDEN DE DAHA İYİSİNİ BEKLERDİM AÇIKÇASI.

İKİMİZİ AYNI ANDA HEDEF ALAMAZ.
BİRİMİZİ SEÇMEK ZORUNDA.

BEN HAZIRIM VIGO.

ŞİMDİİ!!

ENZO, KANATLARDAN BİRİNİ KAYBETTİK!

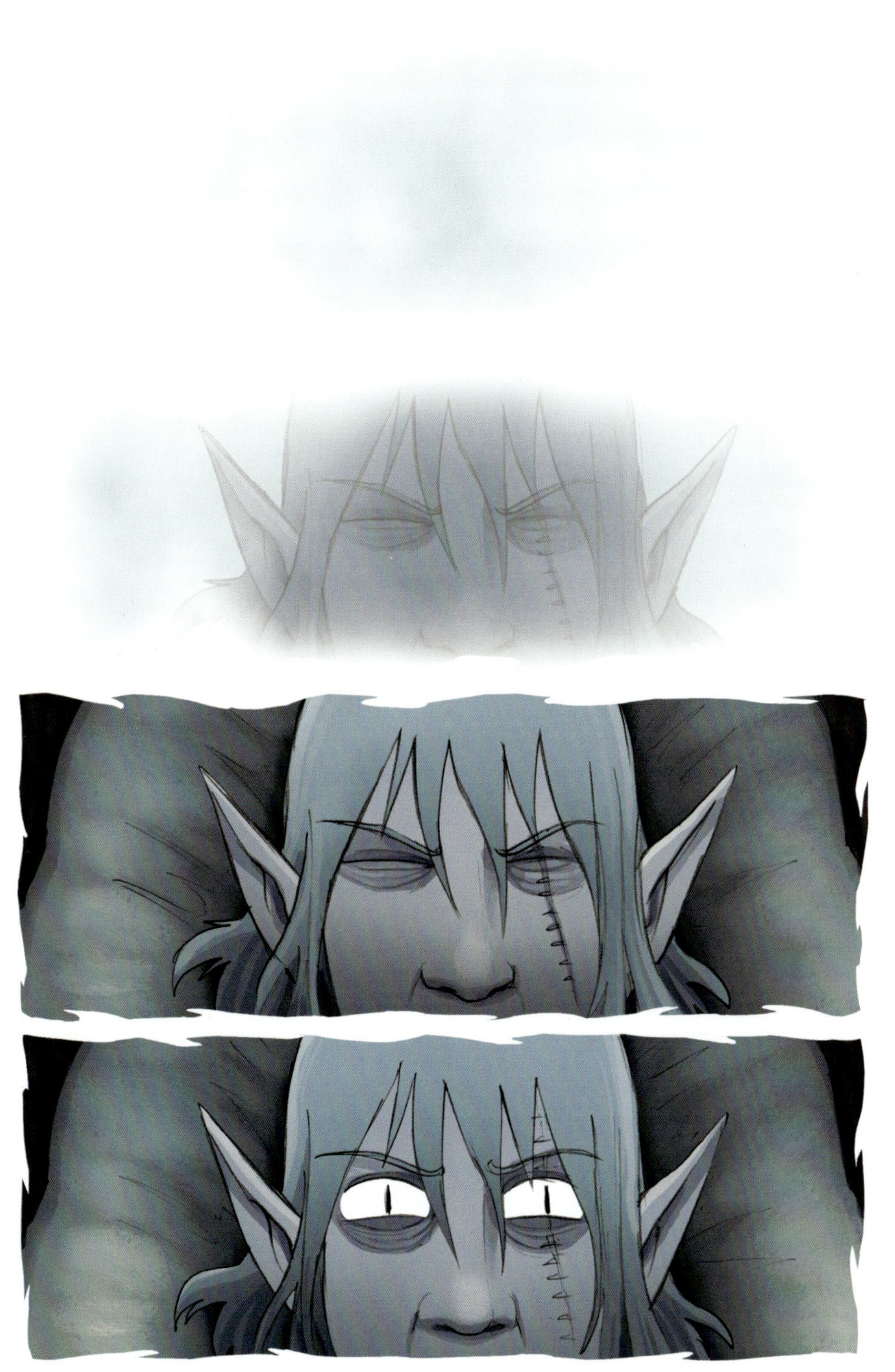

BENİ
NEDEN TAKİP
EDİYORSUN?

ABİM SENİNLE KONUŞMAMAMI SÖYLEDİ.

VIRGIL AMCAMLA KONUŞABİ-LİRSİN.
SENİ BULUP KOLUNU SARAN O.

EVİ GÖLETİN DİĞER UCUNDA.

KAPIYI ÇALMANA GEREK YOK.
SENİ BEKLİYOR ZATEN.

HAH,
SONUNDA
UYANDIN.

ÜSTÜNE BİR ŞEY GETİREYİM.
DONUYOR OLMALISIN.

GÖKYÜZÜNE BAKTIM VE SENİ AŞAĞI DÜŞERKEN GÖRDÜM.
YAŞAMAN BİR MUCİZE.

ÖLDÜ-ĞÜNÜ SANDIM.

HERKES NEREDE?

ZAVALLI ÇOCUK, KAFAYI ÜŞÜTMÜŞ OLMALISIN.
DÜŞTÜĞÜN-DE YAPAYAL-NIZDIN.

İŞTE,
AL GİY BUNU.

BABAMIN KAFTANI.
KÖYÜN ŞİFACISIYDI, DOKTORU YANİ.

BABAMLA İLGİLİ KOMİK BİR HİKÂYE ANLATAYIM MI SANA?

HAYIR, TEŞEK-KÜRLER. BENİM HEMEN GİTMEM LAZIM.

NEREYE GİDECEKSİN?

GİDİP ARKADAŞLARIMI BULMALIYIM, YARDIMA İHTİYAÇLARI VAR.

YEMİN EDERİM Kİ YANINDA KİMSE YOKTU.

KENDİ GÖZLERİMLE GÖRMELİYİM.
HER ŞEY İÇİN TEŞEKKÜRLER.

TRELLIS!

LUGER?

SANA NE DEDİM BEN TRELLIS?
FISSTT!

İNSANLAR SANA BABAN HAKKINDA SORU SORACAKLAR.
ONLARLA KONUŞMAMALISIN.
MERAKLANMA LUGER.
ONUNLA KONUŞMUYORDUM.

BABAMI SORMUYORDU ZATEN.

KİMSİN SEN?

BU ADADAKİ HERKESİ TANIRIZ BİZ.
VE SENİ DAHA ÖNCE BURALARDA GÖRMEDİM.

ONU RAHAT BIRAK LUGER. O BENİM MİSAFİ-RİM.

BU ADADA BİR ARKADAŞIM OLMASINA İZİN YOK MU?

BU ELF'İ TANIMIYORSUN BİLE VIRGIL AMCA.
AİLEDENSİN DİYE SENİ BİLDİRMEYE-CEĞİMİ SANMA.

NE KADAR DA YÜCE GÖNÜL-LÜSÜN.

HADİ GEL BENİMLE.
BAZI KİTAPLARI AYIRMAK İÇİN YARDIMINA İHTİYACIM VAR.

VIRGIL AMCADAN UZAK DUR.

BABAMIZ DAHA SONRA BAKACAK ONUN İCABINA.

YEĞENİM LUGER'E ALDIRMA.
BABASI KRAL OLDUĞU İÇİN ÇOK BASKI ALTINDA.

BANA NEDEN YARDIM EDİYOR-SUN?

İÇİMDEN GELEN BİR SES, YARDIM ETMENİN GÖREVİM OLDUĞUNU SÖYLÜYOR.

BU ADADAKİ DİĞER ELFLERİN AKSİNE,
KİME GÜVENMEM GEREKTİĞİNİ İYİ BİLİRİM.

KİTAPLAR İÇİN YARDIMIMA İHTİYACIN OLDUĞUNU SÖYLEMİŞTİN.
SANA BORCUMU BİR ŞEKİLDE ÖDEMEK İSTERİM.
GÜZEL!
TEKNEYE ATLA DA GİDELİM.

KÜTÜPHANE GÖLÜN ORTASINDA.

ORAYI ÇOK BEĞENE-CEKSİN.
PATA PATA PATA PATA

PATA PATA PATA PATA PATA PATA
ELFLERİN ÇOĞU SAVAŞ İÇİN GÖREVLENDİRİLİNCE, YARDIM EDECEK BİRİNİ BULMAK ZORLAŞTI.

TAM VAKTİNDE GELDİN.

VIRGIL,
KÜTÜPHANE YENİ Mİ YAPILDI?
GULFEN'İN İLK BİNALARINDAN BİRİDİR.

PEKİ NEDEN KRAL SHOWN'UN OMUZLARINDA?

GÖRDÜĞÜM KADARIYLA PEK TARİH ÇALIŞMAMIŞSIN,
BU, ERL KRALI.
ERL KRALI MI?

TAÇ GİYEN HER YENİ KRAL, ERL KRALININ GÖRÜNTÜSÜNÜ TAŞIMALIDIR.
O BİZİM İLK LİDERİMİZDİ.

ONUN MASKESİNİ TAKAN KRAL, GEÇMİŞİMİZİN AĞIRLIĞINI OMUZLARINDA TAŞIMAYA YEMİN EDER.

İŞTE BU KÜTÜPHANE, BU GELENEĞE SAYGI İÇİN İNŞA EDİLDİ.
BU DUVARLARIN ARDINDAKİ KİTAPLAR, ELF SOYUNUN İLERLEMESİNE ADANMIŞ HAYATLARI BELGELİYOR.
BU SAYEDE, ALLEDIA TOPRAKLARINA YERLEŞMİŞ DİĞER TOPLULUKLARDAN ÇOK DAHA HIZLI GELİŞTİK.

ABİMİN İYİ BİR TARİH OKURU OLMAMASI YENİ NESİL AÇISINDAN BÜYÜK TALİHSİZLİK.
EĞER TARİHİNİ İYİ BİLSEYDİ, TÜM UYARI İŞARETLERİNİ GÖREBİLİRDİ.
UYARI İŞARETLERİ Mİ?

TARİH TEKERRÜR EDER.

NASIL YARDIMCI OLAYIM SAHİP VIRGIL?
TEŞEKKÜRLER LOGİ.

YALNIZ KALMAYI TERCİH EDERİZ.
PEKİ EFENDİM.

SAVAŞIN GİDİŞATINDAN OLDUKÇA ENDİŞE-LİYDİM.
TARİHİMİZE KISACA GÖZ GEZDİRİNCE NEDENİNİ HEMEN ANLADIM.

GEÇMİŞTEKİ KRALLARIMIZI ANLATAN BİR KİTAPTA, OLDUKÇA İLGİNÇ BİR ŞEY BULDUM.

AH, GÜZEL. İŞTE BURADA.

KRAL LEVITAS.

KRAL LEVITAS'IN ADI İKİ NEDENDEN DOLAYI YAŞADI.
BİRİNCİSİ, BİZİ İÇ SAVAŞA SÜRÜKLEYEN BİR ÇEKİŞME İÇİNDE OLMASI.
ONUN HÜKÜMDARLIĞI ELF TARİHİNİN EN TEHLİKELİ DÖNEMİ OLDU.

İKİNCİSİ İSE, KRALIN TAŞIN HÜKMÜNDE OLDUĞUNUN İDDİA EDİLMESİYDİ.
TAŞIYLA KONUŞTUĞUNU SÖYLÜYORLARDI.
TAŞLARIN SESİ YOK MU?

TAŞ BİR ARAÇ SADECE, BİR HABERCİ DEĞİL.
DUR SANA BİR ŞEY GÖSTEREYİM.

HAH, GÜZEEL.
GÜZEL YERE SAKLAMIŞIM.

KÜTÜPHANEYİ DİDİK DİDİK TARADIM, TAŞIN SESİ KONUSUNA RASTLAR MIYIM DİYE... AMA HİÇBİR ŞEY BULAMAMIŞTIM...
... BU KİTABA RASTLAYANA DEK.

AMA AYNI ZAMAN-DA İLETİŞİM VE PARALEL GEÇİŞ DÜZLEMİNİ KULLANARAK KENDİ İÇİNE YOLCULUK ETME GÜCÜ DE VERİR...

ELFLER NE ZAMAN BİR SAVAŞ DÖNEMİNE GİRSE SES ORTAYA ÇIKIYOR.
ARDINDAN BEŞ YÜZ YILLIK BİR BARIŞ DÖNEMİ YAŞANIYOR VE DÖNGÜ YENİDEN BAŞLIYOR.

ABİM, KRAL LEVITAS'TAN TAM BEŞ YÜZ YIL SONRA DOĞDU.
ŞİMDİ SEN KARAR VER, AMA BENCE ÇOK TEHLİKELİ BİR DÖNEME GİRİYORUZ.

HIŞIR HIŞIR HIŞIR

VIRGIL...
BUNU NEREDEN BULDUN?
TAŞIN GÜCÜ
yazan
Silas Charnon

KRAL BU KİTABI ELİNDE GÖRÜRSE, SENİ ASTIRIR!
BANA NASIL BU KADAR GÜVENİYOR-SUN?!

SANA GÜVENİYORUM ÇÜNKÜ TÜM BUNLARI BİLMEN GEREKİYOR.
BU BİLGİYİ YANINDA TAŞIMAN GEREK.

KİM OLDUĞUMU BİLİYOR MUSUN?
SENİ BEN BÜYÜTTÜM TRELLIS.

İSTER GENÇ İSTER YAŞLI OL, SENİ HER HALİNLE TANIRIM.

BAZI ŞEYLERİ DÜZELTMEK İÇİN GERİ GELDİM.

BENCE GELECEĞİ DÜŞÜNSEN DAHA İYİ EDERSİN.

FIIIŞŞŞ!
BU DA NEYDİ?
SES.

ŞİMDİ SENİN PEŞİNDEN GELECEK.
BİR AN ÖNCE AYRIL BURADAN.

PEKİ NASIL GERİ GİDECEĞİM?

ŞURADAKİ SÖĞÜTLÜĞÜN ORAYA İNMİŞTİN.
YENİDEN AYNI NOKTAYA DÖN.

PEKİ SANA NE OLACAK VIRGIL?

BENİM İÇİN ENDİŞE-LENME.

NE OLUR-SA OLSUN, HEPSİ BURAYA GELMENİ SAĞLAMAK İÇİN.

TÜM BUNLARI HATIRLAYA-CAĞINA SÖZ VER.

İYİ BİR AİLEDEN GELDİĞİNİ UNUTMA.

BENİM NESLİMDEKİ YANLIŞLIKLAR SENİN ZAMA-NINDA DA OLA-CAK DİYE BİR ŞEY YOK.

HADİ GÖREYİM SENİ TRELLIS.

GİT ARTIK!
HEMEN GİT!
FOOŞŞŞ!

FAŞŞ!
ÖHÜ
ÖHÜ!
ŞŞRK!

HUF HUF
HUF
HUF
HUF

VUFF!
AAĞHH!!
GİT BURA-DAN!
AKLIMDAN ÇIK!!!

BOOM!!
DIP
DIP

EMILY?

AYAĞA KALK TRELLIS!

BENİ NASIL BULDUN?

GEÇMİŞTE HANGİ ZAMANA GİTTİĞİMİ NEREDEN BİLDİN?

ŞU ANDA GEÇMİŞTE DEĞİLİZ TRELLIS.
SENİN HAFIZAN-DAYIZ!

VE ŞİMDİ BU RÜYADAN UYANMAN GEREKİYOR!
RÜYA MI?

AMA ÇOK GERÇEKÇİ.
GERÇEK OLAN ŞEY ŞU ANDA ÇOK BÜYÜK BİR TEHLİKEDE OLDUĞUMUZ.

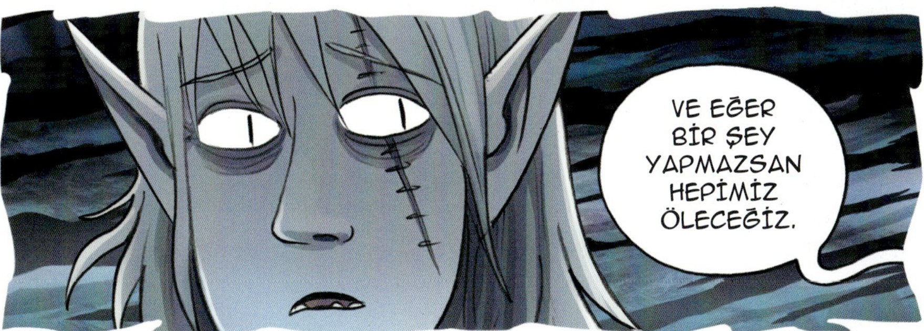
VE EĞER BİR ŞEY YAPMAZSAN HEPİMİZ ÖLECEĞİZ.

UYANDIĞIN ANDA BİZİ KURTARMAN GEREKİYOR!

SİZİ KURTAR-MAK MI?
HİÇBİR ŞEY ANLAMIYO-RUM.

ŞIRAAKK!
BİLİYORSUN BEN İYİ BİR TAŞMUHAFIZI DEĞİLİM EMILY.
BU DOĞRU DEĞİL!
SADECE KENDİNE İNANMAN GEREKİYOR!
BENİM GİBİ SAVAŞMAYA-BİLİRSİN BELKİ,
AMA GÜCÜNÜ BAŞKALARINA YAR-DIM ETMEK İÇİN KULLANMAKTA BEN-DEN DAHA İYİSİN.
VE SANA İHTİYACI-MIZ VAR.
HER ZA-MANKİNDEN DAHA FAZLA.

BU YÜZDEN ŞİMDİ UYAN VE BİR ŞEYLER YAP!
EMILY, DUR!!

HÜVEEEEE

VOOOM

EMILY.

EMILY UYAN!

ŞİMDİ NASIL YARDIM EDECEĞİMİ ANLADIM.

BENİ ALMAYA GELDİĞİN İÇİN SAĞ OL.

SENİ BOŞLUKTAN EMILY Mİ ÇIKARDI?

EVET, AMA NEDEN HÂLÂ UYUYOR?

HÂLÂ BOŞLUKTA OLMALI.

NEFESİ NORMAL GİBİ.
KONTROL ALTINDA.

HÂLÂ YAŞIYOR DEMEK.

ONU NASIL UYANDIRA-CAĞIZ PEKİ?

ONUN ŞU AN BOŞLUKTA KALMASINA SEBEP SENSİN.

O YÜZDEN ŞİMDİ GİDİP ONU GETİRECEK-SİN.

PEKİ İKİMİZİ BİRDEN NASIL GERİ GETİ-RECEĞİM?
NE YAPACA-ĞINI BİLİYOR OLMASAYDIN ŞU ANDA BURADA OLAMAZDIK TRELLIS.

BURADA YAPABİLDİĞİN HER ŞEYİ BOŞLUKTA DA YAPABİLRİSİN.
AMA AYNI ŞEKİLDE, BOŞLUKTA ÖLÜRSEN BURADA DA ÖLMÜŞ OLACAKSIN.

KÖTÜ NİYETLİ RUHLARDAN UZAK DUR.
NETİCEDE BOŞLUK ONLAR TA-RAFINDAN YÖNETİ-LİYOR.

BEN SİZİ İZLEYECEK VE İKİNİZİ DE GÜVENDE TUTACAĞIM.

ON DAKİKA İÇİNDE DÖNE-MEZSEN YA DA PANİKLEDİĞİNİ GÖRÜRSEM, GİRİP SİZİ BULACAĞIM, ANLAŞILDI MI?

ÇOK DA ZAMAN VERMEDİN İHTİYAR.

ÇÜNKÜ FAZLA ZAMAN YOK.
İYİ ŞANSLAR TRELLIS.

EMILY!

IĞĞH!

EMILY!
ŞŞŞT!

NEREDE-
YİZ?

KORTHAN
BUZ HAPİSHA-
NESİ'NİN YAKI-
NINDAYIZ.

SENİN
HAFIZANDA
MIYIZ
PEKİ?
HAYIR,
ŞUNA
BAK.

MAX.
O DA
DÜŞÜNDE
BURAYI
GÖRÜYOR
OLMALI.
ÇOK
KOLAY GİRE-
BİLDİM, YANİ
ÇOK GÜÇSÜZ
OLMALI.

BURAYA
SENİ GERİ
GÖTÜRMEYE
GELDİM.
ŞEYDEN
ÖNCE GİT-
MELİYİZ...

ŞŞŞ,
BEKLE.

ÇOK AZ ZAMANIN KALDI MAX.
ÖHÜ ÖHÜ!

EĞER VAZGEÇERSEN, LAYRA BOŞ YERE ÖLMÜŞ OLACAK.

ÖLÜRSEN, ONLARIN KAZANMASINA İZİN VERİRSİN.
KONTROLÜ BANA VER Kİ ONLARA BUNU ÖDETELİM.

TA... TAMAM...
KONTROL SENDE...

TEŞEK-
KÜRLER.

SSKK!

EMILY!
BURADA OLDUĞUMUZU BİLİYOR!

BURADAN HEMEN GİTMELİ-YİZ!!!

SIKI TUTUN!

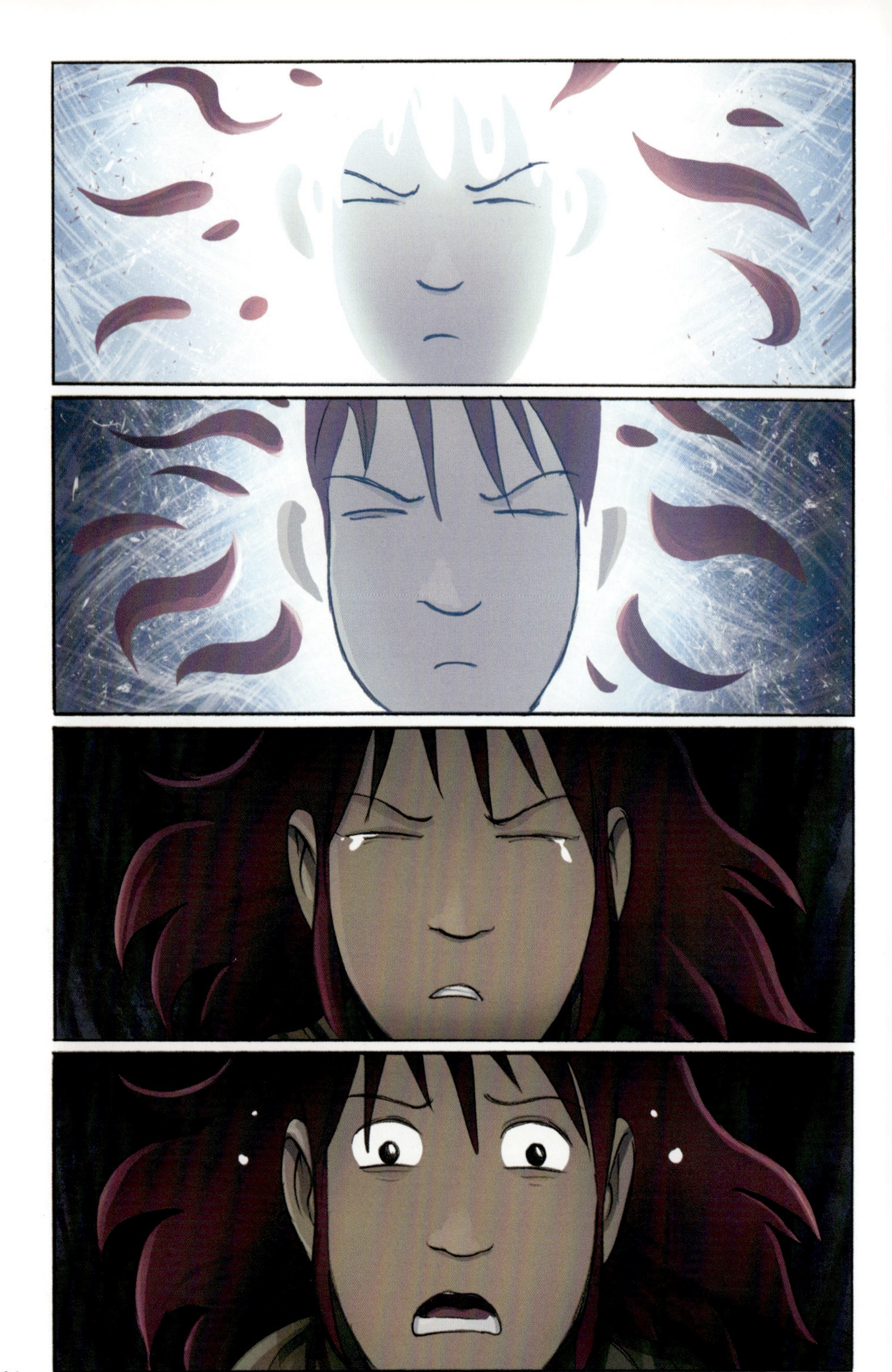

EMILY!

BANA YALAN SÖYLEDİN!!!

SESLE Mİ KONUŞTUN SEN?

BANA NEDEN SÖYLEMEDİN?

ONA HİÇBİR ZAMAN GÜVENMEDİM, AMA BANA YARDIM ETTİ.
BENİ BURAYA GETİREN, SESİN KENDİSİ.

BURAYA HEPİMİZİ SES GETİRDİ.

BABAMI KONTROLÜ ALTINDA TUTAN DA O.

VE BU SAVAŞI BAŞ-LATMAK İÇİN ELF HALKINI KULLANDI.

SUÇLU OLAN HALKIM DEĞİLDİ.
YANIL-MIŞIM.

TRELLIS...

BİRLİKTE HAREKET EDERSEK, ONU DURDURA-BİLİRİZ.

YA BU DA ONUN PLANIYSA?

İŞTE ORADALAR NAVIN!

EM!

BİZİ BIRAKIP GİTTİĞİNİ SANDIM.
BUNU SİZE ASLA YAPAMAM.

HER ŞEY YOLUNDA GİTTİ Mİ?
BİRAZ HASARA UĞRADIK AMA HÂLÂ İŞ BAŞINDA-YIZ!

GEMİYE YEDEK MOTOR TAKMANIN YARARINI ŞİMDİDEN GÖRDÜK.

DİĞER GEMİLERE NE OLDU?

DÜŞTÜĞÜNÜZDE ÇATIŞMA YAVAŞLAMIŞTI.
O YARATIK SİZİ BULUTLARIN İÇİNE KADAR TAKİP ETTİ.

O HALDE, BİZE YENİDEN YAKLAŞMADAN BURADAN GİTSEK İYİ OLUR.

ALY, İYİ MİSİNİZ?
ÇATIŞMA AŞAĞI DOĞRU İLERİYOR!

BEN İYİYİM BABA.
BURADA HER ŞEY YOLUNDA.

MUHAFIZ KONSEYİNİ BULDUK VE ŞİMDİ GERİ GELİYORUZ.
GEMİYE DÖNMEK İÇİN KORUMA İSTİYORUM.
TAMAM, İKİ ŞAHİN GÖNDERİYORUM, SİZİ GÜVENLE GEMİYE GETİRSİNLER.

BENİ GERİ GETİRDİĞİN İÇİN TEŞEKKÜRLER EMILY.

ÖDEŞTİK DİYELİM.

IĞĞHH...

AYAĞA KALK MAX.
DAHA YAPACAK ÇOK İŞİN VAR.
KI... KI... KIPIRDAYA-MIYORUM.

GALİBA... KEMİKLERİM... KIRILDI.

AAĞHH!
ÇIKIRT!!

ÇIKIRT!!
LÜTFEN YAPMA!

İŞTE.
ONLARI ONARDIM.
ŞİMDİ AYAĞA KALK.
LÜTFEN... ARTIK YETER.

BİR ANLAŞMA YAPTIK MAX.
SÖZÜNÜ TUTMAK ZORUNDASIN.

LAYRA SENİ BÖYLE GÖRSEYDİ NE DERDİ?

LAYRA...

AH,
ÇOK... ÇOK
ÜZGÜNÜM
LAYRA.

LÜTFEN...

LÜTFEN...
BENİ AFFET.

FISSS!

ÇIK ORTAYA!
AFFEDER-SİNİZ.
ORTAYA ÇIK VE BENİMLE YÜZLEŞ, SENİ ÖDLEK!

EFENDİMİZ, BU SAVAŞTA ONA KATILIRSANIZ SİZİN İÇİN DAHA İYİ OLACAĞINA İNANIYOR.
VE TESLİM OLMAK İÇİN HÂLÂ VAKTİNİZ OLDUĞUNU BİLMENİZİ İSTİYOR.
EVET, NE DİYORSUNUZ TAŞMUHA-FIZI?
FUEEEE!!
VIZZIIIKK!
PLOP!

OYNAMAK
İSTİYORSUN,
ÖYLE Mİ?

TAMAM.
HADİ OYNAYALIM ÖYLEYSE.

BEŞİNCİ KİTABIN SONU

YAZAN VE ÇİZEN

KAZU KIBUISHI

YAPIM ASİSTANI

JASON CAFFOE

RENKLENDİRME

JASON CAFFOE
ZANE YARBROUGH
CHRYSTIN GARLAND
KAZU KIBUISHI

SAYFA DÜZENLEME

MARY CAGLE
KELLY MCCLELLAN
STUART LIVINGSTON
DENVER JACKSON
MEGAN BRENNAN
JON CHUAN JU LEE

TEŞEKKÜRLER

Gordon & Lydia & Ellie Luk, Amy & Juni Kim Kibuishi, Judy Hansen, David Saylor, Phil Falco, Cassandra Pelham, Ben Zhu & the Gallery Nucleus crew, Nick & Melissa Harris, Nancy Caffoe, the Flight artists, Tao & Taka & Tyler Kibuishi, Tim Ganter, Rachel Ormiston, Khang Le & Adhesive Games, June & Masa & Julie & Emi Kibuishi, Sheila Marie Everett, Lizette Serrano, Bess Braswell, Whitney Steller, Lori Benton ve Ellie Berger.

Teşekkürlerin en büyüğü beni bunca yıl destekleyen kütüphanecilere, kitabevlerine, anne babalara ve okurlarıma. Her şeyimsiniz.

Yazar Hakkında

Kazu, *UÇUŞ* antolojisinin kurucusu ve editörüdür. Aynı zamanda bir köpekle bir çocuğun macera dolu hikâyesini anlatan internet çizgi romanı *COPPER*'ın da yaratıcısıdır. *TILSIM*'ın ilk kitabı Taşmuhafızı, 2009 yılında ALA En İyi Gençlik Kitabı Ödülü'nü almıştır ve Çocukların Seçimi yarışmasında finalist olmuştur. *TILSIM*'ın ikinci ve üçüncü kitapları, *Taşmuhafızı'nın Laneti* ve *Bulutların Arasında* New York Times en çok satanlar listesine girmiştir. Kazu, Kaliforniya'da çizgi roman sanatçısı olan eşi Amy Kim Kibuishi ve oğluyla birlikte yaşamaktadır.

www.boltcity.com adresini ziyaret ederek Kazu hakkında daha fazla bilgiye sahip olabilirsiniz.

WINDSOR
Korthan Buzhapishanesi
Gonda Dağı
Nobuo Tepeleri
Taka Nehri
Şeytan Başı Dağı
Kanalis
Kara Orman
Gorbon
Nautilus
Drucker Kanyonu
COCONINO DAĞLARI
COCONINO VADİSİ
Pomo
LUFEN

GULFEN
Stengard
Valcor
Frontera
Sparkton
Lucien
Golbez
Dalgası
PIT Kayası
Junivale
Spires
Selina
İstasyonu
Coco
Ippo

Yalınayak Gen, atom bombasının öncesini, bombanın atıldığı günü ve sonrasını bir çocuğun gözünden anlatan güçlü ve trajik öyküsüyle otobiyografik bir çizgi romandır.